KB083082

그늘과 함께

시와소금 시인선 · 121

그늘과 함께

임동윤 시집

시와소금

┃ 임동윤

• 경북 울진에서 태어나 강원 춘천에서 성장했으며, 1968년
 강원일보 신춘문예 시 당선으로 등단했다.

• 시집으로 『연어의 말』 『나무 아래서』 『함박나무가지에 걸린
 봄날』 『아가리』 『따뜻한 바깥』 『편자의 시간』 『사람이 그리운
 날』 『고요한 나무 밑』 『숨은 바다 찾기』 『저 바다가 속을 내어
 줄 때』 『고요의 그늘』 등 13권이 있다.

• 수주문학상, 김만중문학상 등을 수상했으며 한국작가회의
 회원이자 〈표현시〉 동인으로 활동하고 있다.

• 전자주소 : ltomas21@hanmail.net

열네 번째 시집을 낸다

코로나-19를 견디면서
영원한 것이 없다는 것을 깨닫는다
먼저 간 친구의 죽음도
대견하게 느껴지는 요즘이다

만나고 싶어도
만날 수 없는 이름들
어서, 두렵고 소원한 날들이
사라지기를 기원해본다

이 밤,
내 안에 바람이 차다

| 차례 |

| 시인의 말 |

제1부 나무의 기원

제2부 현몽現夢

제3부 사회적 거리

제4부 그늘의 무게

| 시인의 에스프리 | 임동윤

제 1 부

나무의 기원

한로寒露 근처

그대 숨결이 회복될 수 없음을 최후가

가까웠음을 한 인편이 알려왔네

부르르 떨리는 가슴 쿵쿵 방망이질 치네

창밖의 황갈색 낙엽을 따라 쿵쾅거리다가

마른 종이비행기로 팔랑거려보다가

보도블록에 누워보다가 아득히 저물어보다가

캄캄한 바람의 물안개로 곤두박질쳐보다가

황망한 날갯짓으로 하늘 올라가 보네

불쑥, 한 죽음을 기별한 사람에게

한참, 멀뚱히 불화살을 날려만 보네

그늘과 함께

보랏빛 찰랑대는 그늘에 앉아보네

바람은 구름 한 점 몰고 와

더욱 고요해지는 오후

누군가를 기다리는 등꽃이 시들고 있네

보랏빛이 보랏빛을 먹고 먹는, 고요한

벤치 아래, 지난가을의 말씀들 가라앉고

보랏빛 벤치만 누군가를 기다리는

그 그늘에 마스크를 쓴 사내가 앉아있네

머리 위로 뚝뚝 떨어지는 보랏빛 향기가

황망히 노을 속으로 가라앉을 때까지

견딤에 대하여

비바람 부대끼면서 오롯이 피어나는 꽃
제 무게보다 더 무거운 눈덩이를 이고 선 나무
우박 맞아 몸 안에 상처를 가둔 사과
찬물의 길을 따라 상류로 올라가는 열목어

흔들리면서 모두
제 생을 살아가는 저것들,
무슨 빛깔의 무늬로 흔들리는 걸까

흔들리지 말아야 할 때 흔들리는,
흔들려야 할 때 흔들리지 않는, 저것들은

창窓

저것은 나의 눈이다
꽃 피는 소리를 지긋이 바라보는
나뭇잎 떨어지는 소리에도 한껏 열리는,

제 빛깔과 무게로 영그는 가을
모든 생명을 환하게 바라본나
아, 모든 것을 편히 눕게 하는 겨울에도
저것은 눈 내리는 바깥을 종일 내다본다

보드라운 솜털에 나무가 젖는 것도 보고
꽁지 짧은 새 한 마리 가까스로
굴뚝 언저리로 숨어드는 것도 그윽이 바라본다

그러던 것이 요즘 흐릿해졌다
닦고 문질러도 또렷해지지 않는 수정체,
그간 너무 많은 것을 보아온 탓이다

모든 것을 내려놓아야 한단다

내려놓고 좀 더 편안해져야 한단다
내 눈이 가만가만 타이르고 있다

아버지의 유적

옛집창고에서 녹슬고 있는 삽 하나
저것은 아버지의 유적遺跡이고
거기서, 나는 구부러진 내력을 읽는다
흘린 땀의 무게와 눈물의 흔적을 읽는다

이를테면, 저 이빨 빠진 삽에서
오랜 암 투병과 복령을 캐기 위해
소나무 벼랑을 헤매던 그림자를 읽는다
여름 콩밭 무성한 풀들과 그 그늘과
어둑어둑한 밭고랑의 저녁을 읽는다

그해 가을, 콩알의 수난사를 읽는다
병석 아버지의 발은 탱탱하게 부어올랐고
등창이 도진다는 것은 죽음, 혹은
녹슨다는 것으로 나는 믿고 있었다
병동의 나뭇잎이 노랗게, 시뻘겋게 지고 있었다

어쩌면 가장이 될지도 모른다는 생각이

번개처럼 스쳐갔고, 왠지 모를 그늘로
마음은 벌겋게 녹슬고 있다고 여겨졌다
혼자였고, 훌쩍 커버렸고,
아무도 모르게 밤길을 오래 걸어야만 했다

나는 거울 속의 아버지를 너무 많이 닮아 있었다
그러고 보니 나는 아버지의 녹슨 삽이었다

나무의 기원

가지 하나 이파리 하나 키우기 위해
더듬어 물길 찾아가는 촉수
캄캄한 길을 더듬어가는 뿌리

연둣빛을 켜 든 가지의 힘은
뿌리가 길어 올리는 소슬한 사랑
뿌리와 가지는 나무의 전 생애다

서로 만날 수 없는 거리에서
뿌리는 제 머리에 뜨는 별을 모으고
이 밤에도 가지 끝으로
하늘 같은 등불 하나 올려보낸다

보아라,
뿌리 없는 집은 허물어진다
뿌리는 나무의 기둥, 잎은 나무의 등불

서로 보듬는 그리움으로
나무는 오늘 더욱 단단해진다

메주

옛집 아랫목에서 시간이 노랗게 익고 있다
맑은 바람 불러들여서 쩍쩍 금이 가고 있다

곰팡이꽃 피워 올리는 속살이 무화과로 익는다
그 겨울 아침엔 가장 깨끗한 눈이 내리고
거미줄 같이 열리는 끈끈한 귀
수천 개의 방을 거느리고 콩들이 일어선다

엄동 지나 시렁에서 내려와
오지항아리 속으로 투신하는,
오오, 비로소 몸 포개고 숙성하는 음표들…

천둥 번개의 밤 보내고
달빛에 푹 익은 몸들이 한껏 문을 여는,

먼 산 까투리 정겹게 울 때쯤
머리 위로 순한 바람은 지나갈 것이다

우수 무렵

가장 불편한 땅에서
머리를 비비대는 꽃들아,
눈먼 세상을 밀어 올리고 있구나

먼저 눈 뜬다는 것은
바람을 견디는 일
눈보라를 안으로만 꾹꾹 다스리는 일

그리하여 당당하게 몸을 여는
꽃들아, 온몸에 박힌 얼음조각을 녹여내며
죽은 듯 죽지 않고 견디는 것들아,

노란 꽃들아,
비명 한 번 내지르지 않고
눕지도 쓰러지지도 않고 다만 꼿꼿하게

있는 듯 없는 자리에서
다소곳이 피어나는

오래 눈여겨볼수록 바람을 숨겨놓은
저 작지만 당당한 꽃들아,

이 눈먼 세상의 아침을
그래도, 환하게, 다만 밀고 있구나

송이

내 기억의 송이밭에 꽃이 피고 있었다
소나무숲 아래 작년에 떨어진 솔잎이
매끈한 송이의 몸을 가려주고 있었다

바람 들고 양지바른 곳에서 봉곳이 자라는,
마치 어른의 그것과도 같은 저것
모두 후살이 간 누이를 닮아있었다

어디서 심봤다, 속으로 내지르는 소리를
산비둘기가 들었는지 구구 화답하고 있었다
나에게만 들리는 소리로 구구 울고 있었다

추석을 며칠 앞둔 날이었다
낮달 테두리가 한결 둥글어져 있었다

희망에 대하여

모든 꽃은 어둠 속에서 피어난다
몸에 달라붙는 어둠을 걷어내는 그 힘으로
아침마다 눈부시게 자신을 세상에 내다 건다

어둠이 있어야 눈부시게 꽃들이 피어나듯이
버려둔 텃밭에서도 푸성귀가 자라나듯이
오래 죽었다고 생각한 것들도
바람 앞에서 힘을 주며 단단하게 일어선다

그렇게 목숨은 무한한 힘을 감추고 있다
새로움은 늘 내 안에 있는 법이다
나를 바꾸는 힘이 바로 내 안에 있음을 바라보자

짜디짠 울음으로 펄펄 끓는 가슴으로
나무는 절망 끝에서 푸르게 꽃을 피운다
스스로 목말라 뒹구는 어둠 속에서
우리는 소담스럽게 피어나는 힘을 가졌다

어둠을 딛고
꽃피우는 것들은 스스로 아름다운 법이다

겨울 동화 · 1

눈 내리는 날은 귀지를 판다
깊디깊은 천년 동굴에 나는 빠져있고
저 알몸의 순금에 입김 불어 넣는,
아내의 허술한 무릎에 누운
나는 청년기의 푸른 시절로 돌아간다

그대 듣고 있는가, 눈 내리는 소리를
내 머리 무릎에 얹고 듣고 있는가?
노랗게 싹트는 귀지는 황금 단풍잎,
부서지며 촉촉이 손안에 금가루로 쌓인다

지하 일만 미터 동굴 속에서
맨 처음의 금덩이를 캐어내는 채굴의 깊고
그윽한 밤, 고요히 눈 내리는 시간
말갛게 얼굴 씻은 알몸은 눈을 뜬다

청년기의 시간 속으로 우리는 걸어가고
조금씩 문을 여는 눈, 코, 입, 귀…

아리따워라, 울며 고뇌하던 그 시절
오오, 보이느냐 깨끗한 무늬를 캐어내는
우리 젊은 날이 팽이처럼 돌아가는 소리

그 정갈한 말씀을 속살 깊이 드리우고
살아나는 순금 하나씩은 우리 마음의 깊이,
작디작은 귓구멍마다 남아도는 속삭임
조금씩 퍼내는 내력에 밤새 눈은 내린다

겨울 동화 · 2

출근길에서 만난 은행 한 그루
지난가을부터 품에 매달린 자식들
겨울인데도 여전히 올망졸망 매달려 있네

벌써 부모 등골 다 빼먹었을 터인데
뼈만 남은 몸에서 행여, 떨어질까 봐
이따금 불어오는 여린 바람에도
떨어지지 않으려 여전히 전전긍긍이네

이젠 더 빨아먹을 게 없어서
마냥 쭈글쭈글 누리끼리해진 자식들
맑은 하늘에 걸린 가지 올려다보니
이 아침이 자꾸만 어두워지네

주면 줄수록 더 달라고 끝없이 보채는
불구의, 다 컸는데도 떠나지 못하고
마냥 빌붙어 사는 오오, 맹목의 처신이여

저 몰아치는 눈보라에 훌쩍
한 번쯤 몸 맡겨도 좋은 것을

겨울 동화 · 3

이파리가 없는 산수유나무
빨갛게 남은 열정이 바람을 탄다
간당간당 가지 끝에 남아있는 자식들
밤하늘 허공에 꽂혀있는 뜨거운 플러그다
달빛 별빛을 받아먹은 저것은 사랑이다

양수 속에서 갓 태어난 아기가
마지막 탯줄을 자르기까지
제 엄마와의 끈을 좀처럼 놓지 못하듯이
나무와 연결된 저 확고한 열매의 인연
어느 눈보라 치는 밤이거나
까치 한 마리 날아와 굶주림을 채우는
추운 새벽까지 나무는 허공에다
뜨겁게 붉은 플러그를 꽂고 있을 것이다

어쩌면 저것은,
그대에게 내어줄 내 몸인지도 모른다
추운 사람들에게 내어줄

우리 뜨거운 플러그인지도 모른다
그대에게로 달려갈 우리 모두
밤하늘 허공에 내걸린 빨간 열매들이다
간당간당 바람을 타는 자식들이다

찬물 수행修行

지난여름 태풍에 깎인 바위들이
둥글게 배를 맞대고 계곡 찬물에 누워있다
송곳처럼 모가 나서
맨발로는 도저히 걸어 다니지도 못했던
그런 것들이 서로 등을 기댄 채 누워있는 것이다

지난 홍수에 몸을 뒤엎은 바위들이
더 둥글게 사는 법을 터득하느라
바람과 얼음같이 차가운 물에 귀를 묻고
금강소나무 침엽의 말씀에 몸을 적시고 있다

귀를 열어도 잘 들리지 않던
귀를 닫아도 너무 잘 들리던 참 모진 날들
찬물 바닥에서 뒹굴면 모가 깎일까
바람 소리에 귀를 열면 대낮처럼 환해질까

홀씨처럼

목련 지고 왕벚꽃 진 다음

쥐똥나무 울타리 연둣빛으로 와자하게 뒤덮었어도

여행 떠나서는 안 된다는 소식을 티브이가 경고하네

아파트 밖 허공으로 유영하는 민들레 홀씨들

지난가을 숨진 친구의 말씀처럼 엿듣다가

옥계 바다 백사장 떠밀려온 미역귀로 바라보다가

파도 소리 퍼담은 조가비로 만져보다가

화들짝, 문을 열고야 마는 환한 대낮

제 2 부

현몽現夢

호흡과 가을

아이들 소리 왁자한 가을 놀이터에서

한참을 멈추어 섰다가 걸음을 옮기는 당신입니다

호주머니에서 꺼낸 흡입기를 두어 번 들이마시다가

가까스로 두어 발짝 내어 딛는 오늘입니다

하늘에는 나뭇잎 걸려서 노랗게 보이는 가을입니다

옥돔 구이집으로 가는 길은 더딘 걸음에 더욱 멀고

떨어진 나뭇잎 하나가 당신 발걸음에 깔려서 바람으로 남는

아이들 웃음소리 가볍게 허공을 오르는 길 밖의 길에서

귀밑까지 푹 눌러쓴 모자가 바람에 펄럭이는 가을입니다

5월의 끝

초록이 초록을 말아 넣고
한껏 불타오르는 5월의 끝입니다
전기톱에 목이 잘린 암컷 은행나무와
빨랫줄 높이만큼 줄을 늘어뜨린 전봇대는
제 높이만큼 초여름 햇살을 내다 겁니다

인적이 끊긴 대낮을 바람만 달려가고
골목엔 어제부터 졸던 맨드라미 몇 송이
고요에 겨워 쿨룩, 밭은기침을 토해냅니다
골목도 전봇대도 목이 잘린 나무도
한참을 그늘 속으로 빠져듭니다

고요가 고요에 겨운,
골목 저쪽 후미진 곳에서
고요하게, 코로나 확진자가 달려옵니다

아침의 시

허공으로 기어오르는 꽃을 본다
문득 꽃이 되고 싶다는 생각을 해본다

부웅부웅 나팔 불며
아침을 밀어 올리는 꽃을 볼 때마다
문득 하늘 오르고 싶다는 생각을 해본다

이슬에 얼굴 씻는 꽃들
눈부시게 불타오르는 색들
저들에겐 어둠이라는 절망은 없다

포기라는 말도 좌절이라는 말도
너무나 사치스러운 이 시간

문득 꽃이 되고 싶다는,
마음만 늘 그곳에 가닿고 싶다는,
어리석은, 그런 생각을

현몽現夢 · 1

시간 있냐고, 점심 할 수 있냐고···

책을 부치다 말고 집어 든 휴대전화에 메시지가 뜬 지 254일째 되는 초여름입니다.

마지막 단편집 『단둥역』을 낸 사내가 지하에 누운 가파른 산길은 비탈길이지만 그래도 초록으로 환하고

씨 씨, 찌찌 오리나무 숲 왁자하게 둥지를 튼 붉은머리오목눈이의 꽁지가 유난히 길어 보이는 숲길입니다

무덤으로 올라가는 산비탈은 모래알 구르는 소리 정겹고, 하마터면 발길 미끄러져 발목 삘 듯한데

여자도 딸도 사위도 손자도 아무 때나 찾아오지 않는 먼 길, 뒤늦은 천국 찾아 나선 사내를 이제는 볼 수 있으려나

지난봄 다 가도록 통 소식이 없던 사내가 문득 나타나 초록 산기슭으로 나를 끌고 가는 초여름 깊은 밤입니다.

현몽現夢 · 2

산등성이 지는 해가
어제부터 푸득푸득 날개치고 있었다

집들이 넘어지고
지던 자리에서 철철 넘치던 우물 하나
밤새도록 출렁거리고 있었다

지난밤 참새는 눈을 뜨고 있었다
말갛게 초롱초롱한 눈의 새는
한결 더 멀고 높게 하늘을 보고 있었다

새들이 휘젓는 호수 속으로
휘적휘적 내가 걸어가고 있었다
새로 산 구두를 신고 달려가고 있었다

산등성이 뜨는 해가
푸른 중천에서 거꾸로 지고 있었다

현몽現夢 · 3

밤마다 나는 들어간다
흔들리는 초록빛 커튼 너머로
내가 찾는 꽃집의 경계를 넘어간다

눈을 씻어도 내가 찾는 꽃밭은 사라지고
꽃잎무늬의 드레스를 입은 신부는 보이지 않고
자작나무 숲을 흔드는 바람의 흔적은 보이지 않고
어디서 내 눈을 찌르는 안테나와 톱니바퀴
가슴 조이는 나사 속에서 나는 땀을 흘렸다

오래 문을 여몄는데도 창밖은 눈보라
초록빛 방을 찾아 나는 들어간다
거친 손들이 바람을 몰고 오는 벼랑 끝에는
첨벙첨벙 바닷물로 낙하하는 가마우지 날개들
좌절의 침상에서 나는 뻘뻘 땀을 흘린다

다시 초록빛 창을 연다
열어도 열리지 않는 견고한 집의 문들

나는 들어간다, 가로등도 꺼진 적막 속이지만
꽃집의 꽃도 잠들었지만
어디선가, 무수히 날아오르는 날개가 있다

그 새들의 신음소리를 찾아
없는 꽃들의 없는 향기를 찾아
밤마다 나는 들어간다
흔들리는 초록빛 커튼 너머로
내가 찾는 꽃집의 경계를 넘어간다

현몽現夢 · 4

차고 시린 밤바다에 빠진다
서슬 퍼런 파도가 오장육부를 난도질하고
날카로운 면도날이 서는 팔다리

마지막 젊음이 피를 흘릴 때,
내 늑골 뼈가 시퍼렇게 일어선다
까맣게 탄 가슴을 어제의 바다에 묻으면
또다시 돌아와 끈적이는 밤
내 이마에는 소리 없이 눈보라가 친다

아파트 난간으로 마른 뼈의 얼굴이 떨어진다
보아라, 변질이 되어가는 내 몸의
사방이 흰 벽, 파닥거리며 새가 떨어진다

어둠 저쪽은 눈보라,
까맣게 등불 하나 켜 들고
얼굴 없는 사내 하나가
차고 시린 밤바다에 빠져있다

터널 유감

암흑에 갇히고 나서
잔뜩 일그러진 얼굴을 떠올린다
숨 쉬는 일조차 허락되지 않는 어둠 앞에서
죽었다가 세상 밖으로 돌아온 사람들은
암흑의 기억만 떠올랐다고 했다

함몰한 다리와 무너진 백화점과
아득히 멀어져간 동료의 얼굴들
그로부터 지하철을 타지 않는 사람들
터널에 갇히고 나서 햇살의 소중함을 깨닫는다

공포란,
한순간의 시간이 굳은 용암이라는 것
어쩌면 나도 누군가에게 터널이 아니었을까?
내가 나를 모르고 내 동료를 모르고
잔뜩 가야 할 길만 흐려놓은 건 아닌지

고분古墳

1호선 종로3가역
살 만큼 산 사람들이 이젠 더 살고 싶지 않은지
바다에 퍼질러 앉아 소주를 까고 있다
콘크리트 바닥에 눕고 기대기도 하면서
떠나온 마을과 돌아가야 할 곳을 씨부렁대면서
둥글게 스크럼을 짜고 남 탓을 하고 있다

방금 전철이 도착하는지 지하 고분이 쿵쿵 울린다
망자의 혼이 올라가지 못하고 떠도는 듯
저쪽 석실에서 이쪽 석실까지 흐르는 강물 소리
왁자한 사람들 발걸음에 짓눌려서 흩어진다

저무는 시절에 속절없이 머무는 꽃처럼
세상은 이제 자기 차지가 아니라는 듯
그러나 돌아가기엔 너무나 멀리 온 길
마지막 부장품은 무얼 넣을까 궁리하면서

냄새의 그늘

바닥에 질펀히 깔린 냄새들
피하지 못하고 구둣발이 짓뭉갰을 때
미끈, 혹은 물컹하게 번지는

높다랗게, 이파리 사이
냄새의 소유권을 매달고 있는 나무
신나게 좌판을 벌인 저들에게도
보도블록은 납작해지는 감옥이구나

생쥐도 참새 떼도 떨어진 냄새 앞에서
슬금슬금 뒷걸음을 치는
간밤이 몰고 온 비바람에 나무는
바닥 겹겹이 냄새를 짓뭉개 놓았다

나이 들수록 육체에 빌붙는 비듬과
냄새, 자칫 어린 것들 재롱까지 멀게 하듯이
이제 악취는 파리 떼까지 쫓으며 온다

속으로

세상 한가운데로
왕벚나무 뿌리가 뻗어 나와 있다

보드라운 살결의 흙이 말라버리자
뿌리의 길을 가로막는 암반을 만나자
오늘은, 어둠 속으로 내몰린 것,
그때부터 나무는, 동상의 겨울을 만나고

폭풍우와 맞서는 집이 되었다
아픈 뿌리의 힘으로 꽃들은 피고
눈빛 까만 버찌가 달리고
참매미의 울음이 마른 껍질로 남았다

폭설이 뿌리 바깥을 꽁꽁 얼린다
세상은 늘 그늘이 많은 법,
풀벌레 울음도 사라진 바깥
그곳은, 네온 불빛 현란한 울음의 도가니
두 눈 벌겋게 뜨고 코가 베어지는

그런, 바깥은 없다
오직 눈 감아야 할 오늘이 있을 뿐
아아, 눈이 내렸으면 좋겠다
상처투성이 바깥을 덮었으면 좋겠다

바닥의 깊이

누구나 바닥 한 자락 가지고 산다
그곳으로 들어가려면 저수지를 지나야 한다
황소가 빠져 죽었다는 그 저수지
태풍이 휩쓸고 간 후엔 바닥을 드러냈지만
그곳으로 가는 길목엔 함박꽃이 지천이었다

물 그늘에 낚싯줄 깊이 드리우고
한참을 들여다보면 시퍼런 물 바닥이
꼭 나를 빨아들일 것만 같았다, 마치 움푹 파인
가마솥 같은, 저 보이지 않는 밑바닥
보이지 않는 손이 나를 끌어당기는 듯했다

그 손이, 아름드리 소나무와 함박꽃나무와
진달래와 뻐꾸기울음까지 집어삼키고 있었다
그러다 화들짝 낚싯줄을 잡아당기면 허탕,
누군가 바늘에 걸린 고기를 낚아채는 것 같았다

어느 해 젊은 여자 하나도 빠져 죽었다는,

너무 깊이 바닥에 가라앉았는지, 혹은 태풍이
먼바다로 실어 날랐는지 풍문만 무성한 그 바닥
그곳으로 들어가려면 그 바닥을 지나야만 했다
나를 추억하는 사람만, 그 여자를 추억할 뿐

봄날

지팡이 팽개쳤습니다, 어머니
맹인이지만 지팡이 없이 걸어갑니다

발 디디는 곳마다 지천으로 꽃입니다
발 헛디뎌 헤저드에 빠지면 어때요
거기가 비로 꽃나라인 것을요

어머니, 지팡이 버리고 달려오세요
바람 많은 세상 훌훌 벗어던지고
나 어때하며, 두 팔 한껏 벌려보세요
지팡이 없이도 걸어보세요

건널목 더듬거리던 망설임도
준마 하나 얻어 타는 이 봄날
오랜 지팡이 하나 내팽개치는 것이
무애 대수겠습니까, 어머니

시간의 사이

여름이 눈여겨보고 있는 늦은 봄날과
그 늦음의 가랑이 사이를
나는 또 어떻게, 무엇으로 바라볼 것인가?

숨 가쁘게 초록으로 달려오는 풀꽃과
아직 잎새조차 매달지 못하는
저 마른 나무의 사이를 어떻게 좁힐 것인가?

내게도 펄펄 끓는 몸을 던지는 순간이 있었다
신열에 눈을 데는 순간이 있었다
그런데도 몸 뜨거운 시간은 사라지지 않고
오래도록 나는 그 물결에 휩쓸렸으니…

여름이 끌어당기는 늦은 봄날
그 열정으로 벌어지는 풀꽃과 나무의 사이
그 벌어진 틈을 더 좁혀야 해
풀과 나무가 서로서로 어깨 감싸는

그 시간과 흐름 사이,
멀고도 가까운 것은 늘 그리운 법인데

중심과 변두리

튀어나온 보도블록에 발이 걸려 넘어졌다
발목 언저리와 무릎에 상처를 입었다

아내가 소리친다
보행 방해죄를 물려야 한다고,
도심 복판은 반질반질 길을 깔고
이 후미진 변두리는 움푹 파여도 좋다는 건가?

울퉁불퉁한 길바닥,
그런데도 사람들은 불평 없이 지나간다

문득, 길이 지워지고 없어진다

제 **3** 부

사회적 거리

오목눈이 울타리

쥐똥나무 울타리 연둣빛 그늘에 들어
씨 씨, 찍찍 울던 붉은머리오목눈이가
그 특유의 낮은 비행으로 촘촘한 가지와
연둣빛 그늘 사이를 헤집고 있다
어디서 물고 왔는지 마른 풀로 집을 짓는다
아무도 눈여겨보지 않는데도 오목눈이 긴 꼬리가
깜빡거리며 경계심을 늦추지 않는다
아무도 손 닿지 않는 가지가 환해지면서
또 다른 아파트에서는 덩굴장미 몇 줄기가
허공을 오르며 쥐똥나무 울타리를 넘보고 있다
다가서는 나를 경계하는지 훌쩍, 날아오르더니
흔적없이 아파트 출입문 밖으로 사라져 버린다
흔들리던 쥐똥나무 울타리가 파동을 멈추고
연둣빛 물결 속으로 나를 끌어들이고 있다

사회적 거리

얼굴 절반을 마스크에 감추고
우리 중의 하나가 만나지 못하고
천변 속을 침묵으로 걸어가고 있다

휘적휘적, 숨결이 혓바닥을 달군다
봄 가뭄은 젖은 목구멍에도 바작바작 빌붙는다
흔들리는 사내의 발자국 끝에서
천변의 버드나무 아래서 목마름과 숨결은
밭은기침으로 허공을 가로지른다
송사리 몇 마리 물풀을 가르며
돌다리 건너는 발자국을 잠시 멈추게 한다

수양버들 가지에 닿으면 바닥까지 휘어지는
자운영에 닿으면 자주색 꽃으로 피어나는
사내의 숨결은 좀처럼 가라앉지 않고
가슴속 깊이 숨겨놓았던 신열을
가슴 밖으로 꺼내 자운영 풀밭에 풀어놓는다

말을 잊었으나 새털같이 가벼운 몸
가마득히 하늘 끝으로 날아오르고
마스크를 벗은 얼굴엔 봄 햇살 환하다

등꽃 휴게소

저 보랏빛 꽃그늘 풍성하다
노인들, 축축 늘어진 꽃들을 머리에 이고
어제의 사건과 오늘의 문제를 풀어놓고 있는데
보랏빛 향기는 낮술처럼 돌고 돌아
이제 마지막 남은 세월을 축내겠다는 듯이
그냥 아무런 관심도 없다는 듯이
불어오는 바람결에 한껏 머리칼만 날리고 있다
머리 위로 등꽃 그림자가 내려와
조금 전 그들 얘기를 지겹게 들어줄 뿐,
어제보다 색다른 대화는 좀체 엿들을 수 없다
뒤틀린 등나무 껍질 같은,
배배 꼬인 검푸른 몸뚱이의 절규 같은
저 거역할 수 없는 몸에 체온은 남아있을까
종일 유모차에 몸을 기대고
또 하나의 저녁을 기다리는 노인들
축 늘어뜨린 왼손보다
무릎을 짚고 있는 오른손이 그걸 말해준다
어느 날 등나무 벤치는 비어갈 것이고

보랏빛 잔영들이 후르르 그 위를 덮을 것인데
지금은 참새 떼 마냥 둥글게 모여 앉아서
철 지난 봄날을 마냥 달구고 있다

속, 등꽃 휴게소

아무도 없다, 보랏빛 등꽃만 보이고
노인들 없이 축축 늘어진 보랏빛 무늬들
어제오늘의 문제는 들리지도 않는다
스스로 바람에 취해 마지막 남은 늦봄을
축내겠다는 듯 한껏 머리칼을 날리고 있다
벤치 아래로 등꽃 그림자만 내려와
그림자로 쌓일 뿐, 아무도 없다
보랏빛 얘기 들어 줄 노인들 하나 없이
간혹, 마스크를 쓴 행인들이
몇 모금 담배 연기를 날리다 갈 뿐
오늘의 문제는 풀리지 않는다
저녁이 되도록 텅텅 비어있는 벤치
그 위로 보랏빛 그늘만 축축 깊어져 있다

한껏 봄날

풀이 앉은자리에서 똥을 눈다

노랗게 물드는 풀잎과 꽃 사이
떠도는 바람까지 노랗다

노랗게 그을린 꽃이
제 몸 안으로 집어넣은 냄새가
여전히 노랗게 남는 봄날

풀꽃 손끝은 물색 하나로도 환하고
꽃잎에 붙어있던 나비 한 마리가
다시 한 마리 나비로 허공을 헤집고
떠난 사이

노랗게 물드는 꽃과 바람 사이
봄날은 한껏 무게를 잡고
다시 나비 한 마리 잡아다 앉힌다

더, 어두워지기 전에

명절날, 마지못해 전화를 넣는다
잘 계시냐고, 찾아뵙지 못해서 죄송하다고
언제 한 번 찾아뵙겠다고
지키지도 못할 약속으로 너스레를 떤다

어디 어긴 것이 어디 한두 번이었던가
말은 늘 내 가까이에 있고
행동은 늘 먼 곳에 있다고 자책하면서
다람쥐 쳇바퀴처럼 그저 빙빙 맴만 돈다

수없이 뇌까린 말씀들이
겨울 갈대밭 바람 소리로 흔들리는데
지키지 못한 약속이 나를 들끓게 하는데
간다, 간다, 다짐할수록
마른 먼지만 풀풀 날리는 요즘

제법 나이 들면서
약발 좋다는 화장품을 찍어 바르면서

명절엔 꼭 간다고 다짐하건만
이를테면, 지키지도 못할 약속 남발했으니

이 베란다의 꽃들 다 지기 전에
아니, 이 저녁이 더 어두워지기 전에
부랴부랴, 안부나 넣어야겠다

건강검진

격년으로 건강검진을 받아야 한단다
수면내시경은 아프지 않고 쉽게 끝난다는 거다
그러나 죽은 듯이 잠잔다는 것은 굴욕적이다
내 몸에 무슨 짓을 하는지 알 수 없으니까
초정밀의 가느다란 선이 카메라를 달고
네 몸을 낱낱이 헤집고 다닌다는 게 께름칙하다

재작년 아내가 수면내시경을 하였다
대장내시경도 함께 하는 게 좋다고 해서
아침 굶고 가서 수면내시경을 받았다
용정 몇 개 떼어냈습니다
그대로 두면 악성 종양이 됩니다
앞으로 정기적으로 검진을 받으세요
흰 가운의 의사가 근엄하게 말했던 것을 기억한다

잘 못 먹으면 모든 게 탈이란다
먹고 소화하고 배설한다는 것이 남의 일 같지 않았다
이 위와 내장도 심장과 콩팥도 나의 것이 아니었다

그것은 신의 것이었고 나는 순종하면 되었다
그러나 나는 잠자는 듯이 그렇게, 눕긴 싫다

덕봉이의 꿈

일이 잘 안 풀리는 날에는
내 친구 덕봉이는 로또를 산다, 추첨하는 날
몇 시간을 앞두고 부랴부랴 자동으로 산다

월요일에 사면 일주일간이 행복해진다는데
까맣게 잊고 지내다가
좀 더 나은 곳을 생각하는 날에는
문득, 로또를 사고 만다는 거다

넓고 푸른 잔디밭이 있는
1층에는 손님맞이 찻집을 마련하고
2층엔 건축 관계의 사무실을 꾸미고
3층은 침실로 꾸미는 헛된 꿈에 사로잡힌다

그래서 로또를 못산 주는 불안하다는 것
꼭 당첨될 것 같은, 지난번에 떨어진
여섯 자리 번호가 금주에는 꼭 될 것 같은
그런 착각 속에 늘 사로잡힌다는 것

만약 부자가 된다면
울며 고뇌하는 건축설계 같은 건
하지 않을지도 모른다는 생각
아, 좀처럼 일이 안 되는 날에는
로또를 사야 할까, 말까…
아침부터 종일 망설인다는 덕봉이 녀석

금강송면

직립을 꿈꾸는 사람들이 이곳에 산다
먼저 죽은 사람들은 양지바른 숲에 묻히고
소나무 전나무 잣나무 같은,
그늘진 곳이 그리운 자들만 이곳에 산다

늘 대설경보에 갇히는, 밤마다
승냥이 울음소리 벼랑 끝을 넘나들면
우지끈, 푸른 금강송들이 허리를 꺾는다

봉창마다 달라붙는 짐승 울음과 눈보라
무서움에 솜이불 당겨 머리를 묻던
그해 빨간 식욕의 아이들은 어디 있는가

먼저 떠난 얼굴들이 나를 잠 못 들게 하는
오늘밤은, 처마 길길이 눈은 쌓여서
마을과 마을을 이어주던 사랑까지 막막한데

저 직립의 소나무 둥치 같은 사람들

한번 부러지면 좀처럼 회복할 수 없는,

내 시의 텃밭을 이 소나무 밑에 둔다

* 금강소나무면 : 경북 울진군 서면이 금강소나무 군락지로 지정되면서 금강소나무면으로 바뀌었다.

미망迷妄 · 3

어제부터 지는 해가 조금씩
찢기는 날개로 허공을 날고 있었다

무너진 집들이 일어서면서
앵두나무 우물가에 철철 넘쳐나는
그늘 한 지락, 저녁까지 출렁대고 있었다

지난밤의 참새는 눈을 뜨고 있었다
말갛게 초롱초롱한 눈으로
한결 더 멀고 높게 허공을 긋고 있었다

날개가 휘젓는 하늘 속으로
휘적휘적 내가 걸어가고 있었다
새로 산 구두를 신고 달리고 있었다

어제부터 지던 해가
바다에서 거꾸로 돌아오고 있었다

콩밭

어머니 흰 수건 두르고 밭고랑에 오른다
무딘 호미의 날이 흙덩이를 뒤집을 때마다
푸른 콩 이파리들이 훅훅 얼굴을 친다

주르르 흘러내리는 등허리의 땀이
바작바작 타들어 가는 입술이, 중얼중얼 콩밭을 맨다
더위에 지친 신갈나무를 바람이 흔들어도
노랗고 통통하게, 살진 놈을 기다리며
밭고랑마다 뜨겁게 초여름을 풀어놓는다

고랑마다 넘쳐나는 탯줄 같은 저것들
크고 튼실한 열매들을 키운 것은 땅이 아니라
어머니 종아리에 내비치던 거미줄이라는 것을
나는 안다,
자글자글 정수리마다 들끓던 땡볕이
어머니 야윈 등허리 빨갛게 태웠던 것도

아가의 죽음

한 마리의 새도 날아오지 않았다
밤새도록 새록새록 눈발만 쌓여갔다

누리장나무는 흰 머플러를 두르고
밤새 불던 바람까지 숨을 죽였다
얼어붙은 엄마 품에서
아가는 젖을 물고 잠들어갔다

마치 아무 일도 없었던 것처럼
하얀 깃털의 새들은 날아와서
식어가는 아가의 겨드랑이에
눈 시린 날개를 달아주고 있었다

눈 붉힌 바람은 달아나고
밤새 내린 폭설은 마을을 덮어갔다
세 살 아가는 눈사람이 되어갔다
아주 고요히, 아주 하얗게

휴양림에 들다

오리나무숲에 별이 돋는다
산바람이 내 안을 비집고 들면서
가로등 주변에 밤벌레들이 왁자하다
그들이 내뿜고 날리는 발향린에
내 귓전과 목덜미에 왈칵 소름이 돋는다
누군가 내 정수리를 잡아채고 간다
머리칼이 뽑히는, 마침내 눈이 감기는
정수리가 한환 나를 만난다
계곡과 계곡 사이, 짚으로 엮은 다리를 놓아
마침내 서로 만났다는 남녀를 생각한다
이 밤에도 여기까지 찾아올 수 있을까
이 숲에도 별빛이 내릴 것이라 생각한다
다시 부엉이가 울고 숲이 깨어나면서
불면이다, 가등에 밤벌레들이 몰려들고
흔들리는 숲은 여전히 범접하지 못하는
나의 바다, 하룻밤 뜬눈이다

* 발향린 : 나방의 날개에 붙어있는 인분 또는 인편(비늘). 날개의 무늬와 색을 가지고 있고 현란한
무늬는 적의 눈을 속이는 기능을 한다.

청명淸明

어느 산짐승이 훼손했는지
할아버지 무덤 한 귀퉁이가 파헤쳐져 있다
세상 밖으로 드러난 잔디의 뿌리
간밤에 내린 비로 연둣빛 물이 돌고
거기 햇살도 한참을 머물러있다

죽은 자에게서도 얻을 것이 있는지
주검을 헤집으면 찾을 것이 많은지
무덤의 꼬리 부분에서 산기슭까지
파헤쳐진 흔적이 몽글몽글 부풀어있다

동백꽃이 피었다 지고
그 사이, 진달래가 다투어 피고
연분홍 그늘로 새들이 모여든다
나는, 삽 한 자루 없이
그냥 손으로 파헤쳐진 자리를 돋우려 한다

그때 황망히 누군가 타이른다

야야, 그냥 두어라

볕 들고 바람 들게 그냥 두어라

나는 황망히 손을 거둔다

그리곤, 햇살 한 움큼 끌어다 뿌려준다

두릅

몸의 중심이 흔들리는 산비탈
발 디디면 금세 와르르 무너질 듯한
돌밭에 뿌리를 내리고 있었다
코로나 없이 그해의 새순이 돋고 있었다

허공이 연둣빛 물결로 찰랑거린다
유난히 햇살에 반짝거려서
하마터면 천길 벼랑길, 낭떠러지
시선을 빼앗겨 미끄러질 뻔했다

가까스로 중심을 잡고
두릅나무 허리를 자르려는데
누군가 황망히 나를 불러세운다

저리,
가시가 아픈 건
함부로 하지 말라는 거다

제 **4** 부

그늘의 무게

바람의 현장

젖은 벌판으로 너는 밀물지고 있다

늦은 봄날이 매화나무 뿌리로 숨고
그 힘으로 일어서는 가지들이
손끝마다 다닥다닥 연초록을 매단다

철 지난 참새들이 돌아오는 벌판에서
바람은 긴 손가락으로
나무의 몸에다 플러그를 꽂는다

횡 휘잉, 감전되는 몸
이 눈먼 한때를 위하여
가지마다 초록 물감을 흩어놓는다

꽉 찬 벌판으로 너는 밀물지고 있다

환상과 추억

환상은 추억까지 잡아먹는 법이다

눈 내리지 않는 창밖으로 눈이 내린다거나
강물 위로 발목 없는 한 사내가 걸어가고 있다거나
내 이마 위에서 바다가 출렁거린다거나
그 출렁거림으로 베갯머리가 흠뻑 젖는다거나

누가 나를, 저 강 밖으로 데려가 다오
사랑이 없는 추억을 나는 잊어줄 것이다
추억할 수 없는 나라에서 나는
망각 속으로 송두리째 나를 퍼다 버린다

어제의 시간이 꽁꽁 얼어붙은
도시 밖으로 나는 나를 내어다 버린다
모든 것을 추억이라고 말하지 말라, 함부로

아까시나무

요즘 나는 중심에서 밀려나 있다
기세 좋게 몸을 펴고 달려가기도 하지만
머물 수 없이 늘 바람 많은 그늘 자리다
침엽의 나무가 하늘로 몸을 키울 때도
나는 좀처럼 척박한 땅을 벗어날 수가 없었다
그리하여 나는,
그늘만 키우는 나무로 전락하고
웅크린 분노로 내 몸엔 가시가 돋는다
여전히 내 몸에서 똬리를 트는 가시들
점점 삶의 중심에서 밀려나고 있다
양지바른 곳에 뿌리를 내리지 못한,
그래서 늘 그늘만 전전하다 죽는,
대대로 물려받은 DNA를 자위하면서

구멍

언젠가 동굴에 몸을 빠뜨린 적 있다
살이 썩고 피가 마르면서
펄펄 신열이 온몸을 휩쓸고
입술이 사막처럼 황폐해지면서 물집이 잡히면서
나는 꼬장꼬장 잘도 말라갔다

그대 뽑아낸 자리가 동굴이다
북어처럼 딱딱해졌다
뼈가 중심을 잃어가면서 동굴 같은 구멍이 생기면서
와르르 중심이 흔들렸다
그 자리가 분화구처럼 검붉게 타올랐다

벽을 움켜잡아도 흔들리는 잇몸
마침내 턱뼈가 함몰하면서 캄캄한,
오래 들여다볼 수 없는 동굴이 생겼다
메꿔도 흔적만 남는, 둥근 못 자국 하나
지울 수 없는 상처 하나

먼지의 시간 · 10

철 지난 시간엔 반짝이는 강물이 넘쳐난다
푸른 물굽이 흐르면서 지워졌던 것들
자작나무숲에 열리는 별처럼 아름다웠다
아득한 동굴의 시간을 지나다가
무수히 마주친 태풍과 구름과 먼지들
햇살보다 바람 부는 날이 더욱 많았다
그리하여 젊음은 흘러갔고
귀밑머리 희끗희끗 밑뿌리 드러낼 때까지
아는 것도 모른 척하며 살아야 했다
돌아보면, 썩은 고기들만 낚아 올렸다
수없이 많은 저녁이 찾아왔고
너무 짧은 하루가 강 저쪽으로 사라져갔다
귀를 열고 바라보는 것들이 많아지면서
짧은 모가지는 길어졌지만
끝내 봄은 오지 않았다, 그렇게 저녁이었다
강물은 마르고 더는 흐를 곳이 없어졌다

그늘의 무게

뭘 먹을까, 누굴 만날까, TV를 볼까 말까
이런 것들은 온전히 나이 탓
가로등이 켜질까 말까, 거기 서면
밤벌레들이 내 머리 위로 떨어질까 말까
그들 몸부림에 떨어지는 비늘이
내 온몸을 적실까 말까, 온전히 나이 탓

기침이 잦은 것, 먹다가 사레가 들리는 것
작은 침묵에도 오래 참지 못하는 것
자주 무릎이 꺾이고 다리가 후들거리는 것
모서리에 발가락이 자주 걸리는 것
미세먼지 보통인데도 외출을 삼가는 것
아니 황사처럼 떠도는 것, 오로지 나이 탓

여름에도 땀나지 않고 가뭄이 드는 것
추운 겨울에는 손발이 저리는 것
모로 누워 잠들면 목덜미가 자주 삐는 것
뼈마디에서 텅텅 빈 소리가 나는 것

바람에 눈물이 나서 눈을 뜨지 못하는 것
이 모든 것은 오로지 나이 탓, 이러지도
저리지도 못하는, 끝내 뽑아내지 못하는

둥글고 환한 저녁

둥근 밥상은 저녁마다 마련되지 않는다
일출의 눈부심이 강물처럼 흘러가고
하늘 연못의 금붕어들이 오래 놀다 가야만
그렇게, 땀 흘린 둥근 밥상은 마련된다

재빠르게 흘러가는 자동차의 행렬과
지하 계단을 내려가면서 만나는 지옥철과
모두 등 기대고 밀치며 나누는 눈인사
그 행렬 속에서 조금씩 저녁은 마련된다

형제간의 소중한 만남도 가까스로 그렇게
땀 흘린 노동의 고단함도, 그렇게
스스로가 만드는 것이다, 불빛으로 오는 것이다

때때로 실족의 벼랑을 내딛다가 어둠의
더러운 시궁창에서 저녁은, 둥글게
바람의 형태로 마련된다, 숨죽이고 둥글게

그 저녁을 위하여 이 아침 달려가렴
직선의 뾰족한 집들을 딛고 걸어갈 때
절망은 이미 우리 모두의 것이 아니다
그 간격만큼 저녁이 조금 마련될 뿐이다

근황

50년 시를 썼는데도 맛을 모르고 산다
적멸의 한가운데 누워 잠 못 드는 밤에도
승냥이 울음을 쫓아가 보기도 하지만
그 봄 뜨락에는 제대로 된 풀 한 포기 자라지 않았다

꽃피우지 못한 파지破紙만 내 키보다 높게 쌓여만 간다
50년이 흘러갔다, 돈도 명예도 없는 일에 왜 목매다냐고…
그런데도 모른 척 읽고, 생각하고, 쓰고, 또 쓰고…
숱한 밤이 파지破紙를 만들어냈다

그리하여, 시성詩聖이 될 거라고 믿었다
누구의 가슴을 데워줄 큰 그릇이 될 거라고
아니, 적의와 울분의 나날이 씻겨갈 거라고 굳게 믿었다
다시 단풍 진다는 소식에 컴퓨터를 켠다
모니터 화면의 커서가 깜박이는 동안 상상력을 극대화한다

동굴의 길은 여전히 막막하다
축축이 젖은 석순과 종유석을 더듬는 동안

어디서 낙엽이 지고 언뜻 눈발이 날린다
시는 생각하는 머리가 아니라, 시는 읽는 눈이 아니라
시는 쓰는 손이 아니라, 시는 만드는 기술이 아니라

그냥 바람이 되고 눈발이 되어주는 일
가만히 헐벗음을 덮어주는 일

처연한 관계

나뭇잎 하나 온전히 키우기 위해
더듬어 물길 찾아 내려가는 뿌리
하늘에 닿으려고 올라가는 나뭇잎
허공과 바위벼랑을 만나도
하늘, 땅 찾아가는 나무들을 보네

캄캄한 동굴 더듬어 내려가는 뿌리와
연둣빛 등불 켜 든 초록의 힘으로
몸의 전신을 펴는 나무는 거룩하네
이 밤, 나무는 뿌리의 힘으로
자신의 머리에 뜨는 별을 모아서
환한 등불 하나 가지 끝으로 올려보내네

저것 봐,
뿌리 없는 집은 쉽게 허물어지고
잎이 없는 집은 텅텅 말라가는 것을

복령

그 사내가 쓰러진 것은 불혹의 나이였다
아무도 그의 주검을 알아채지 못하고
팔부능선 마른 솔잎만 봉분으로 남아주었다

몇 개의 겨울이 지나고
그를 지탱해주던 허리의 중심도 무너지고
모든 것이 한 줌 흙으로 되돌아갔다

팔부능선은 그를 기억하지 못하고
마침내 뿌리 끝으로 흘러내린 울혈鬱血,
발끝에다 길고 울퉁불퉁한 혹을 매달았다

죽어서도 뿌리에 기생하는 질긴 목숨 같은
살아서 뿜어내지 못한 울음이 가득 고인,
이뇨덩어리를 사람들은 복령*茯苓이라 부른다

오늘, 산지기 사내가
쇠꼬챙이로 바닥을 찌르며 무덤을 찾는다
산에 드는 날, 열에 아홉은 경건해야 한다

* 복령 : 죽은 소나무 뿌리의 기운이 흘러넘쳐 응고된 혹, 균류.

염색에 대하여

연한 갈색으로는 귀밑머리가 잘 염색이 되지 않아
흑갈색으로 칠하고 나니
이번에는 너무 짙은 색으로 나올까 걱정이다
내 머리칼은 정말 부드러워서 바람만 불면 헝클리는 검불
한 보름 그냥 두면 머리 밑동이 온통 백색이다

아무도 밟지 않은 눈밭을 이룬다
샴푸할 때마다 한 움큼씩 빠지는 것을 줄이기 위해
아내가 선물한 샴푸를 쓴다
거기다 조금씩 머리가 돋아난다는 과대선전을 믿고
아침저녁으로 바지런히 린스를 바른다

이처럼 뒤늦은 나의 얼굴 가꾸기
바람에 휘날리는 머리칼을 애써 잡아두려고
머리칼 고정액도 바르니
이젠 누가 봐도 십 년은 젊게 보이리라
그러나 그것은 착시현상, 눈가에 잔주름 가득하고
조금만 집중하여도 눈의 시력은 흐릿해진다

어쩌랴, 막을 수 없는 것이 시간인데
내 머리에 빌붙는 부식의 시간을 감출 수는 없다
오늘은 전국 시인의 모임이 있는 날
염색 잘 들라고 머리에 두른 비닐 랩을 벗기며
욕조 바닥이 검을 염색 들지 않게 물을 뿌린 후
관중 하나 없는 무대에 광대로 선다

어머니 밥상

옛집 부엌에 밥상 하나 둥글게 걸려있네
어쩌다 상판의 옹이가 빠져나갔어도
옻칠 벗겨진 테두리는 어머니 쪼그라든 젖무덤 같네

두런거리던 삶이 덕지덕지 달라붙은 밥상
봉숭아꽃물 들던 저녁이 초승달로 붉게 타오르넌
찰옥수수와 분이 도는 감자 정갈히 차려진
식솔들의 가난한 여름이 알록달록 새겨져 있네

어머니는 입맛 도는 소식만 밑반찬으로 내어놓으셨네
봉긋한 밥사발과 국그릇이 비워지면
올해 농사도 대풍이라고 환하게 웃으시던,
간혹 도시로 유학 보낸 자식들 걱정에
담장 밑 해바라기도 목을 한 뼘 더 늘였었네

잘 삼긴 감자 고구마가 알맞게 식어가고
분에 넘친 과식으로 화장실을 넘나들었지만
내일은 남새밭 김매야 한다고 말씀 남기시면

짧은 여름밤은 대청에서 저물어 갔네

오늘은 먼지 누렇게 뒤집어쓴 밥상 하나
어쩌다 상판의 옹이가 빠져나갔어도
옛집 부엌에 보름달로 환하게 걸려서 있네

기제사 드리는 밤

아버지 열네 번째 기제사 드리는 밤
모시옷 입혀서 하늘나라 보내달라던,
나 또한 모시옷 말끔히 다려서 입고
효도 한 번 제대로 못 한 나를 자책해보네

살아생전 당신은 모시옷 즐겨 입으셨네
여름이면 옷깃마다 바람은 살아나
당신 내딛는 발걸음은 구름보다 가벼웠었네
펄펄 끓는 대낮에도 팽나무 평상에 누우면
소맷귀는 넓어서 바람의 통로가 되고……

아버지 즐겨 입으셨던 모시옷 입어야만
온전히 당신 만난다는 생각에 눈물겨워지네
어디서 바람은 불어와 소맷귀 나풀거리고
아, 그 인기척이 바로 당신임을 보듬어 아네

나 또한 어느 날 하얀 수의의 모시옷 입고
하늘나라에 들 때까지 제발 무탈하시라고,

엎드려 잘못 낱낱이 유식으로 고하는
잠자리 날개 같은 옷 입고 꺼이꺼이 흐느끼는
아버지 열네 번째 기제사 드리는 밤

꽃과 꽃 사이

송곳 흉계를 숨기고 있네
향기와 눈부심으로 무장한
아무도 가까이해서는 안 되는 저들

얼굴 저편에서 가면을 쓰고
피가 맺히도록 아픈 상처를
아름다운 시간 쪽으로 되돌린 가시
살펴다오, 그대 뒤편을 살펴다오

보드라운 너의 뒤를 살펴다오
아름다움에 취하다가
한껏 그 향기를 만지고 놀다가
화들짝 놀랄 때는 너무 늦다

길과 길 사이, 웅크린 저들
아름다운 향기의,
저 부드러운 잎과 입술을

막다른 길에서

막다른 길에서
축축이 젖어 드는 눈의 무게를 털어내지 못해
차마 허리가 꺾이는
그 겨울의 눈덩이가 칼날이라는 것을
나는 너무 일찍 알아버렸다

내 몸에 신성한 바람을 들이고
내 하늘에 푸른 물 뚝뚝 흐르는 바늘을 숨기고
내 땅에 한 방울의 눈물도 없이 마지막 제 길을 놓는
그 적막한 밤을 너무 일찍 알았던 게 잘못이었다

보아라, 내가 너를 좋아하는 것은
단 한 번에 목을 치는 단단한 절규이고
붉은 모가지 싹둑 쳐내는 단호한 분노라는 것을
그 밤의 비린 바닷바람이
여전히 내 몸속에 칼이 되어 숨어있는 것을
나는 너무 일찍 알아버렸다

삶, 그리고 소통의 시학

임 동 윤

삶, 그리고 소통의 시학

임 동 윤

1.

한 편의 시가 우리 삶의 윤활유 역할을 해준다면 얼마나 좋을까요? 그렇게 된다면 우리 삶도 시를 통해 즐겁고 윤택해질 수 있을 것입니다.

그런데 요즘 유행하는 시들을 보면 이와는 무척 먼 거리에 있는 듯해서 안타까운 마음이 듭니다. 여러 가지 이유가 있겠지만 사회적 문제와 이념을 다루기보다는 다분히 자신의 신변과 의식세계를 그리고 있기 때문이라 여겨집니다.

그래서 소통의 공감대 형성이 애초부터 불가능합니다. 거기다 지나친 환상으로 소통을 일부러 제한하는 시 창작방법을 사용하고 있기 때문이기도 하지요. 종래의 시 창작은 누구나 공감하는 시적 체험이나 역사 인식을 소재로 하였으나 이젠 개개인의 정신적 문제나 심리를 주된 소재로 삼고 있기 때문입니다. 실제 일어날 수 없는 환상의 세계를 모더니즘, 포스트모더니즘 등으로 치장하는 것입니다. 그러다 보니 서사적 구조보다는 형식주의에 치중하는 경우가 허다하다 하겠습니다. 이러한 시 창작방법은 새롭다 할 수 있을 것이나 시를 읽는 독자를 외면한 것이라 할 수 있습니다. 자기 자신만 알고 더러는 그 시의 내용도 스스로 파악하지 못하는 시, 누가 뭐라든 자기만 만족하면 되는 시, 사회의 공기(公器)로서의 자세를 저버린 시, 읽는 자의 즐거움과 유익함이 전혀 느껴지지 않는 시들은 어쩌면 우리 사회에서 추방해야 할 백해무익한 작품이라 해도 과언이 아닐 것입니다.

그렇다면 어떤 유형의 시를 창작하는 게 좋을까, 고민해봅니다. 첫 번째가 이루어질 수 없는 환상의 세계를 그리지 말고 실제 체험한 사실을 바탕으로 시를 써야 한다는 말이지요. 거기다 난해한 구성보다는 쉬운 구성으로, 지나친 수사법보다는 접근이 쉬운 표현법을 사용하는 것이 좋으리라 생각합니다.

그러자면 가족 간이나 사회적 공감대의 이야기 등으로 리얼리즘의 세계를 다루어야 한다고 보는 것입니다. 따라서 모더니즘, 포스트모더니즘의 형식보다는 진솔한 내용을 담아내는 것이 독자와의 거리를 좁히는 첩경이라 보는 것입니다.

2.

이제 본 시집에 수록된 시편들을 짚어보면서 독자와의 소통을 시작하기로 하겠습니다. 아래 시편은 「오목눈이 울타리」인데, 봄날의 하루의 정겨움을 연둣빛 재잘거림 속에서 드러내고 싶었습니다.

쥐똥나무 울타리 연둣빛 그늘에 들어
씨 씨, 찍찍 울던 붉은머리오목눈이가
그 특유의 낮은 비행으로 촘촘한 가지와
연둣빛 그늘 사이를 헤집고 있다
어디서 물고 왔는지 마른 풀로 집을 짓는다
아무도 눈여겨보지 않는데도 오목눈이 긴 꼬리가
깜빡거리며 경계심을 늦추지 않는다
아무도 손 닿지 않는 가지가 환해지면서
또 다른 아파트에서는 덩굴장미 몇 줄기가

허공을 오르며 쥐똥나무 울타리를 넘보고 있다
다가서는 나를 경계하는지 훌쩍, 날아오르더니
흔적없이 아파트 출입문 밖으로 사라져 버린다
흔들리던 쥐똥나무 울타리가 파동을 멈추고
연둣빛 물결 속으로 나를 끌어들이고 있다

　　　　　　　—「오목눈이 울타리」 전문

　우리 아파트엔 촘촘하게 자란 쥐똥나무 울타리가 많습니다.
이른 봄이면 가지마다 연둣빛 새순이 돋아나서 보기에 참 좋았
습니다. 아직은 하얀 꽃이 피기 전인데, 고 작은 나뭇가지 사이
에 붉은머리오목눈이가 찾아와 새끼를 치기 위해 집을 짓는 것
이 보였습니다. 손가락 하나 겨우 들어갈 만큼 가지와 가지 사
이, 연둣빛과 연둣빛 사이, 그 좁디좁은 틈을 비집고 주둥이마
다 마른 풀을 물고 와 바지런히 집을 짓고 있었습니다.
　그때 본 것입니다. 쥐똥나무는 자신의 가지 사이를 비집고
드나드는 새가 성가실 텐데도 그냥 못 본 척 놔두고, 새는 또
능청스럽게 바지런히 드나들며 봄날 한때를 만끽하는 것을요.
이렇듯 나무와 새는 교감하며 서로 공존하는 법을 배우고 있었
습니다. 우리 사는 일도 저들과 같았으면 얼마나 좋을까, 오래
생각해본 연둣빛 봄날이었습니다.

한평생 슬픈 일들은 많겠으나 최근 가장 가까웠던 친구 하나를 하늘나라로 보낸 슬픈 일이 있었습니다. 일흔두 살의 아까운 나이에 세상을 떠난 그 친구가 바람 불고 비 오는 날에는 유난히 눈에 밟히곤 합니다. 그래서 몇 편의 작품이 가슴에서 우러나왔습니다. 아래 작품은 그중 두 편입니다.

아이들 소리 왁자한 가을 놀이터에서
한참을 멈추어 섰다가 걸음을 옮기는 당신입니다
호주머니에서 꺼낸 흡입기를 두어 번 들이마시다가
가까스로 두어 발짝 내어 딛는 오늘입니다
하늘에는 나뭇잎 걸려서 노랗게 보이는 가을입니다
옥돔 구이집으로 가는 길은 더딘 걸음에 더욱 멀고
떨어진 나뭇잎 하나가 당신 발걸음에 깔려서 바람으로 남는
아이들 웃음소리 가볍게 허공을 오르는 길 밖의 길에서
귀밑까지 푹 눌러쓴 모자가 바람에 펄럭이는 가을입니다

—「호흡과 가을」 전문

그대 숨결이 회복될 수 없음을 최후가
가까웠음을 한 인편이 알려왔네

부르르 떨리는 가슴 쿵쿵 방망이질 치네

창밖의 황갈색 낙엽을 따라 쿵쾅거리다가
마른 종이비행기로 팔랑거려보다가
보도블록에 누워보다가 아득히 저물어보다가
캄캄한 바람의 물안개로 곤두박질쳐보다가
황망한 날갯짓으로 하늘 올라가 보네

불쑥, 한 죽음을 기별한 사람에게
한참, 멀뚱히 불화살을 날려만 보네

　　　　　　—「한로寒露 근처」전문

　그 친구는 암 수술받고 투병 중인 몸에 호흡기 질환까지 앓
고 있어서 잘 걷지를 못했습니다. 그래서 힘든 몸인데도 차를
직접 운전하고 다녀야만 했습니다. 차에서 내려 조금만 걸어야
하는 거리인데도 연신 호주머니에서 흡입기를 꺼내 물어야만
했습니다. 그해 마지막 가을에도 그랬습니다. 옥돔구이를 좋아
해 그 집으로 가는 가을 길은 너무 멀었습니다. 귀밑까지 모자
를 푹 눌러쓰고 얼굴이 반쯤만 드러난 그와 내가 마지막 식사
를 한 그해 가을이었습니다.
　친구의 임종이 가까웠음을 안 것은 그해 10월 초순이었습니
다. 일 년 중 찬이슬이 내리기 시작한다는 한로(寒露) 무렵이었
습니다. 이 찬이슬은 늦가을부터 초겨울까지 내린다고 하는데

그 친구는 초겨울을 넘기지 못했습니다. 문병 때마다 두 손을 움켜잡으며 '퇴원하면 맛있는 음식을 먹자' 고 다짐했던 친구는 이제 없습니다. 그의 죽음을 불쑥 알려준 어느 인편에게 공연히 화를 내고 부글거렸던 그해 가을도 이제 다가옵니다. 부디, 한 호흡 잘하고 나를 기다려달라고 바람결에 전하고 싶습니다.

시간 있냐고, 점심 할 수 있냐고… 책을 부치다 말고 집어 든 휴대전화에 메시지가 뜬 지 254일째 되는 초여름입니다.

마지막 단편집 『단둥역』을 낸 사내가 지하에 누운 가파른 산길은 비탈길이지만 그래도 초록으로 환하고 씨 씨, 찌찌 오리나무 숲 와자하게 둥지를 튼 붉은머리오목눈이의 꽁지가 유난히 길어 보이는 숲길입니다

무덤으로 올라가는 산비탈은 모래알 구르는 소리 정겹고, 하마터면 발길 미끄러져 발목 삘 듯한데 여자도 딸도 사위도 손자도 아무 때나 찾아오지 않는 먼 길, 뒤늦은 천국 찾아 나선 사내를 이제는 볼 수 있으려나……

지난봄 다 가도록 통 소식이 없던 사내가 문득 나타나 초록 산기슭으로 나를 끌고 가는 초여름 깊은 밤입니다.

—「현몽現夢 · 1」 전문

그 친구는 하늘이 이어준 참 인연인가 봅니다. 2004년 여름, 첫 장편 소설집 『겨울새는 머물지 않는다』도 내 소개로 출간했기 때문입니다. 작품집 하나 없는 소설가가 무슨 작가냐고 늘 말하던 그의 소원을 내가 들어준 셈입니다. 원고를 가지고 인사동으로 오라고 해서 문학의 전당 대표 김충규 시인을 만나 작품집 출간을 부탁한 것이 2004년 7월이었습니다. 그리하여 그 친구는 장편 소설집 『겨울새는 머물지 않는다』를 그해 9월 세상에 선보이게 되었습니다. 이 책은 다음 해 세종문학나눔 우수도서로 선정돼 전국의 서점에 배포되기도 하였습니다.

그리고 2014년 춘천으로 귀향한 후, 그 친구와 나는 자주 만났습니다. 툭하면 전화해서 '점심같이 할 수 있느냐?'고 물어봤습니다. 바쁘다는 핑계로 열에 절반 정도는 거절한 것이 지금은 마음에 큰 상처로 남아있습니다. 그리고 유고 작품집 『단둥역』을 발간해준 것도 나였습니다. 참으로 질기고도 질긴 인연이었습니다.

고교 1년 선배인 그. 고교 때부터 백일장에 나가면 입상하던 그였지만, 그때부터 술과 담배를 좋아한 것이 그를 일찍 떠나보낸 원인이 아니었나 모르겠습니다. 삼가 친구의 명복을 빌어봅니다.

3.

지난 2월부터 번지기 시작한 코로나-19는 온통 세상을 바꿔 놓았습니다. 반가운 사람과의 만남도 소원해지고, 매년 주최하던 <소금시집 출판기념회와 신인상 시상식>도 몇 번인가 미루다가 끝내는 취소하고 말았습니다. 전염병에 대한 불안과 염려에서 도저히 행사를 치를 수가 없었기 때문입니다. 그리곤 모든 것이 정지되어 버렸습니다. 몇십 년 동안 한 번도 거르지 않았던 시낭송회도 6개월째 시행하지 못한 일도 생겨났습니다.

한 번도 경험하지 못한 코로나-19로 인해 영원한 것은 없다는 것을 새삼 깨닫습니다. 언제 어디서 어떻게 될 수 있다는 엄연한 현실 앞에서 오늘 행복하게 사는 것이 최선이라고 생각하게 되었습니다.

건강하다면, 허락이 된다면 볼 것 많이 보고, 맛있는 것 많이 먹고, 할 수 있는 것 최대한 다해보자는 생각에서 좀처럼 벗어날 수가 없습니다. 내일을 모르기 때문입니다.

아래 시편들은 코로나-19에 관한 것들입니다. 우선 작품을 먼저 읽고 따라가 보기로 하겠습니다.

①
목련 지고 왕벚꽃 진 다음
쥐똥나무 울타리 연둣빛으로 왁자하게 뒤덮었어도
여행 떠나서는 안 된다는 소식을 티브이가 경고하네

아파트 밖 허공으로 유영하는 민들레 홀씨들
지난가을 숨진 친구의 말씀처럼 엿듣다가
옥계 바다 백사장 떠밀려온 미역귀로 바라보다가
파도 소리 퍼담은 조가비로 만져보다가
화들짝, 문을 열고야 마는 환한 대낮

　　　　　　　　　—「홀씨처럼」 전문

②

보랏빛 찰랑대는 그늘에 앉아보네
바람은 구름 한 점 몰고 와
더욱 고요해지는 오후
누군가를 기다리는 등꽃이 시들고 있네
보랏빛이 보랏빛을 먹고 사는, 고요한
벤치 아래, 지난가을의 말씀들 가라앉고
보랏빛 벤치만 누군가를 기다리는
그 그늘에 마스크를 쓴 사내가 앉아있네
머리 위로 뚝뚝 떨어지는 보랏빛 향기가
황망히 노을 속으로 가라앉을 때까지

　　　　　　　　　—「그늘과 함께」 전문

③
아무도 없다, 보랏빛 등꽃만 보이고
노인들 없이 축축 늘어진 보랏빛 무늬들
어제오늘의 문제는 들리지도 않는다
스스로 바람에 취해 마지막 남은 늦봄을
축내겠다는 한껏 머리칼을 날리고 있다
벤치 아래로 등꽃 그림자만 내려와
그림자로 쌓일 뿐, 아무도 없다
보랏빛 얘기 들어 줄 노인들 하나 없이
간혹, 마스크를 쓴 행인들이
몇 모금 담배 연기를 날리다 갈 뿐
오늘의 문제는 풀리지 않는다
저녁이 되도록 텅텅 비어있는 벤치
그 위로 보랏빛 그늘만 축축 깊어져 있다

― 「속, 등꽃 휴게소」 전문

작품 ①은 코로나-19로 인한 '사회적 거리 두기'가 시행된
시기에 쓴 작품입니다. 그때, 동해안 여행을 계획했으나 포기하
고 말았습니다. 봄을 맞아 어디론가 떠나고 싶다는 마음이 부
풀 때입니다. 온 산천이 연둣빛으로 물들며 새들은 자유롭게
재잘거리고 꽃씨들은 허공으로 날아다니는 봄날인데도 방안에
갇혀서 산다는 일이 힘에 무척 부쳤습니다. 그렇지만 베란다 문

을 열고 심호흡만 할 수밖에 없었습니다.

작품 ②와 ③은 아파트 노인들이 모여서 환담하던 등나무 그늘에 아무도 찾아와 환담할 수 없는 안타까운 현실을 형상화한 것입니다. 보랏빛 등꽃이 찰랑대는 봄날인데도 코로나-19 때문에 모이지 못하는 장소가 되어버린 등나무 그늘 벤치. 마스크를 쓴 사람이 앉아있어도 서로 거리를 두고 말 한마디 제대로 나누지 못하고 눈인사만 나누어야 하는 서러운 봄. 이 서러운 봄은 언제 끝나는 것일까요? 치료제가 개발되어야만 끝나는 걸까요?

4.

살아가면서 제 뜻대로 산다면 얼마나 좋을까요? 자문자답해 봅니다. 살아낸다는 것은 어쩌면 견딘다는 것일지도 모릅니다. 우리 삶에서 고통과 눈물이 없다면 얼마나 무미건조할까요? 삶은 고통과 눈물의 연속입니다. 이 고통과 눈물이 없다면 기쁨과 즐거움도 있을 수 없습니다.

비바람 부대끼면서 오롯이 피어나는 꽃
제 무게보다 더 무거운 눈덩이를 이고 선 나무

우박 맞아 몸 안에 상처를 가둔 사과
찬물의 길을 따라 상류로 올라가는 열목어

흔들리면서 모두
제 생을 살아가는 저것들,
무슨 빛깔의 무늬로 흔들리는 걸까

흔들리지 말아야 할 때 흔들리는,
흔들려야 할 때 흔들리지 않는, 저것들은

— 「견딤에 대하여」 전문

눈물과 고통을 이기는 힘은 바로 견딤에서 옵니다. 우리가
사는 지상에는 견디며 사는 것들이 정말 많습니다. 비바람 눈
보라를 견딘 나무는 봄이면 아름다운 꽃을 자신의 몸에다 촘
촘하게 매답니다. 태풍에 떨어진 풋사과가 썩어서 다시 한 줌
거름으로 돌아가고 그것을 먹고 자란 나무는 이듬해 꽃과 함
께 풍성한 열매를 매답니다.

깨끗한 물을 찾아 상류로 열목어들이 올라가듯이, 자기가 태
어난 곳을 찾아 연어들이 돌아오듯이, 모두 흔들리면서 견디면
서 나름대로 살아가는 법을 터득합니다. 흔들리지 말아야 할
때 흔들리듯이, 흔들려야 할 때 흔들리지 못하는 것이 우리네

삶입니다. 그래서 우리의 삶은 고통과 눈물의 연속입니다.

> 지난 홍수에 몸을 뒤엎은 바위들이
> 더 둥글게 사는 법을 터득하느라
> 바람과 얼음같이 차가운 물에 귀를 묻고
> 금강소나무 침엽의 말씀에 몸을 적시고 있다
>
> 귀를 열어도 잘 들리지 않던
> 귀를 닫아도 너무 잘 들리던 참 모진 날들
> 찬물 바닥에서 뒹굴면 모가 깎일까
> 바람 소리에 귀를 열면 대낮처럼 환해질까

— 「찬물 수행修行」 부분

지난여름, 댐이 무너지고 산사태가 나고, 홍수가 나서 산에서 떠내려온 돌들이 강바닥에서 찬물에 세례를 받는 것을 본 적 있습니다. 애초엔 땅에 묻혀서 얼굴을 드러낸 적 없는 모난 돌들이었습니다. 그 돌들이 강물에 씻기고 깎여서 둥근 모습으로 바뀌겠지요. 그만큼 시간은 모든 것을 바꿔놓습니다. 저리 모난 돌들도 '바람과 얼음같이 차가운 물에 귀를 묻고/ 금강소나무 침엽의 말씀에 몸을 적시고 있'는 것이지요. 둥글게 견디는 것이겠지요.

가장 불편한 땅에서/ 머리를 비비대는 꽃들아,/ 눈먼 세상을 밀어 올리고 있구나// 먼저 눈 뜬다는 것은/ 바람을 견디는 일/ 눈보라를 안으로만 꾹꾹 다스리는 일// 그리하여 당당하게 몸을 여는/ 꽃들아, 온몸에 박힌 얼음 조각을 녹여내며/ 죽은 듯 죽지 않고 견디는 것들아,// 노란 꽃들아,/ 비명 한 번 내지르지 않고/ 눕지도 쓰러지지도 않고 다만 꼿꼿하게// 있는 듯 없는 자리에서/ 다소곳이 피어나는/ 오래 눈여겨볼수록 바람을 숨겨놓은/ 저 작지만 당당한 꽃들아,// 이 눈먼 세상의 아침을/ 그래도, 환하게, 다만 밀고 있구나

— 「우수 무렵」 전문

봄이면 '가장 불편한 땅'에서도 눈보라와 얼음을 견딘 것들은 소생합니다. 저마다 '눈먼 세상을 밀어올리'고 '머리를 비비대'며 바람을 견디는 강인한 생명력을 이 봄에도 볼 수가 있습니다. 모든 생명들은 '온몸에 박힌 얼음 조각을 녹여내며/ 죽은 듯 죽지 않고 견'뎌 왔습니다.

이제 우리 마음도 견디는 것들에 대한 믿음을 가졌으면 합니다. 견딘다는 것은 고통과 눈물을 의미하지만 그 이면에는 소

망과 기쁨과 희열이 있습니다. 참고 묵묵히 견디는 일─. 이것이 가장 소중하게 느껴지는 오늘입니다.

5.

　허공이 연둣빛 물결로 찰랑거린다/ 유난히 햇살에 반짝거려서/ 하마터면 천길 벼랑길, 낭떠러지/ 시선을 빼앗겨 미끄러질 뻔했다// 가까스로 중심을 잡고/ 두릅나무 허리를 자르려는데/ 누군가 황망히 나를 불러세운다// 저리,/ 가시가 아픈 건/ 함부로 하지 말라는 거다

─「두릅」 부분

　내 기억의 송이밭에 꽃이 피고 있었다/ 소나무숲 아래 작년에 떨어진 솔잎이/ 매끈한 송이의 몸을 가려주고 있었다// (중략) 어디서 심봤다, 속으로 내지르는 소리를/ 산비둘기가 들었는지 구구 화답하고 있었다/ 나에게만 들리는 소리로 구구 울고 있었다// 추석을 며칠 앞둔 날이었다/ 낮달 테두리가 한결 둥글어져 있었다

─「송이」 부분

팔부능선은 그를 기억하지 못하고/ 마침내 뿌리 끝으로 흘러
내린 울혈鬱血,/ 발끝에다 길고 울퉁불퉁한 혹을 매달았다// 죽어
서도 뿌리에 기생하는 질긴 목숨 같은/ 살아서 뿜어내지 못한 울
음이 가득 고인,/ 이뇨덩어리를 사람들은 복령*伏苓이라 부른다//
오늘, 산지기 사내가/ 쇠꼬챙이로 바닥을 찌르며 무덤을 찾는다/
산에 드는 날, 열에 아홉은 경건해야 한다

—「복령」 부분

누구에게나 유년의 기억은 그리운 추억으로 남아있는 법이지
요. 지금 돌아보아도 내 유년의 기억은 울진군 금강송면에 가
있습니다. 한국전쟁 후 학교가 지어지기 전인 초등학교 1학년
시절, 돌배나무 아래서 가마니를 깔고 공부하던 시절이 떠오릅
니다. 초여름 돌배나무 숲에서 울어대던 참매미 소리까지 선명
하게 기억합니다. 방학 때는 물론 학교를 마치고 돌아오면 소
를 몰고 산으로 들로 헤맨 일이며, 맑은 물에서 멱을 감고 고기
를 잡던 일이며, 봄이면 두릅을 따고 나물을 체취하던 일이며,
추서 무렵 나만이 아는 소나무숲에서 송이를 따던 일이 주마
등처럼 스쳐 가곤 한다. 그래서 내 시의 일부분은 유년의 기억
으로 점철되어 있습니다.

그래서 그런지 목소리는 낮았지만 나는 염결성과 엄격성으
로 절제와 균형의 아름다움을 노래해 왔다고 자부합니다. 살아

있는 것들의 아픔과 기쁨, 희망과 절망, 사랑과 배신의 격한 감정까지도 조용히 가라앉혀 속삭이듯 단아한 언어로 표현하고 싶었습니다. 그래서 나는 늘 내 목소리에 언제나 따뜻하고 부드러운 입김을 불어 넣고 싶은 겁니다. 이 세상에서 버려진 것들, 너무 작아서 힘 없이 짓밟히는 것들에게도 늘 따뜻함으로, 때론 서늘한 반성으로, 혹은 부드러움을 바늘끝 같이 세워 날카로운 철침으로 표현하고 싶은 겁니다. 그래서 언제나 철침은 내 몸을 날카롭게 콕콕 찔러대기 때문에 또 그만큼 내 시가 단단하여 고통스러운 것도 사실입니다. 위에 인용한 세 편의 시, 「두릅」「송이」「복령」도 그런 것들입니다.

6.

수많은 혼돈과 우회의 길 끝에서 나는 굶주린 것들에게도 따뜻한 체온을 고스란히 나누어주고 싶었습니다. 가족으로부터 소외당한 노인들, 그런 노인들이 눈물겹도록 많습니다. 늙고 병들어 날마다 공원에 나와 무료급식을 기다리는, 길게 늘어선 그들을 볼 때마다 그 처연하게 고개 드는 고요가, 그 쓸쓸한 아픔이 왈칵 눈물로 쏟아지는 것입니다. 끝내 공원에서 떠돌 수밖에 없는 노인들의 말년이, 그 외로움이 그대로 내게 와 나 또한 자신의 외로움을 주체할 수 없는 것입니다.

①
옛집창고에서 녹슬고 있는 삽 하나
저것은 아버지의 유적遺跡이고
거기서, 나는 구부러진 내력을 읽는다
흘린 땀의 무게와 눈물의 흔적을 읽는다
(중략)
혼자였고, 훌쩍 커버렸고,
아무도 모르게 밤길을 오래 걸어야만 했다

나는 거울 속의 아버지를 너무 많이 닮아 있었다
그러고 보니 나는 아버지의 녹슨 삽이었다

— 「아버지의 유적」 부분

②
옛집 부엌에 밥상 하나 둥글게 걸려있네
어쩌다 상판의 옹이가 빠져나갔어도
옻칠 벗겨진 테두리는 어머니 쪼그라든 젖무덤 같네
(중략)
어머니는 입맛 도는 소식만 밑반찬으로 내어놓으셨네
봉긋한 밥사발과 국그릇이 비워지면
올해 농사도 대풍이라고 환하게 웃으시던,
간혹 도시로 유학 보낸 자식들 걱정에

담장 밑 해바라기도 목을 한 뼘 더 늘였었네
(중략)
오늘은 먼지 누렇게 뒤집어쓴 밥상 하나
어쩌다 상판의 옹이가 빠져나갔어도
옛집 부엌에 보름달로 환하게 걸려서 있네

—「어머니 밥상」부분

이젠 하늘나라에 든 부모님도 거기에서 벗어날 수가 없었습니다. 그만큼 나의 시는 가족사의 아픔과 그로부터 빚어진 절망의 비망록, 혹은 일상의 권태와 허무에의 각서로도 충분히 읽혀집니다. 그러면서도 고독과 허무, 절망과 시련으로부터 일어서서 생의 극복과 참다운 삶을 성취해내려는 희망의 한 양식으로 단단하게 뿌리는 박혀 있습니다. 이런 것들이 나를 붙들고 있는 시의 힘, 그 뼈대를 이루는 근본 축이라고 느껴집니다.

어린 시절의 시골 기억, 홀몸의 어머니 생각, 모두 떠나 거미와 바람만 주인이 된 시골집, 내 밖의 집은 허물어지고 내 안의 집도 없는 영혼의 무숙자, 익명의 가출인 등등, 스산한 형상으로 가득한 풍경 속에서 나는 따뜻한 바깥을 그리워하게 됩니다.

나의 시는 풍경의 내면화와 내면의 풍경화가 겹쳐지는 곳에 자리합니다. 풍경 속에 스며 있는 미세한 감정의 떨림은 '단호

한 비명'이거나 '불안한 눈빛'으로 자주 나타나지요. 상처 입은 적막감을 지니고 흔들리는 삶을 바라보는 시선은 다소 우울하지만 아주 슬프지는 않은 반투명의 그늘을 드리웁니다. 우리 삶의 주변에서 만나는 가르랑거리는 숨결을 형상화하고자 합니다.

이번 열네 번째 시집 『그늘과 함께』는 내가 바라보는 풍경의 내면이기도 하고 내가 소망하는 삶의 풍경화이기도 합니다. 나느 그것을 '오늘은 먼지 누렇게 뒤집어쓴 밥상 하나/ 어쩌다 상판의 옹이가 빠져나갔어도/ 옛집 부엌에 보름달로 환하게 걸려서 있네'로 형상화하고 싶은 겁니다.

7.

나는 어둠 속에서 빛을 보고 빛 속에서 어둠을 보기를 원합니다. 모든 것이 잠든 밤에는 더욱 고요한 어둠을 봅니다. 이렇듯 나의 응시는 정지된 시간의 응시가 아니라 계속 흘러가는 시간 속의 응시입니다. 그러므로 내 눈은 유년에서 지금까지 끊임없이 움직이고 있다고 보아야할 것입니다. 내 응시가 고통의 시간 끝을 향해서 간다고 본다면 분명 내 눈은 나에겐 깊은 아픔일 수 있겠지요. 자연 속에서도 내가 바라보는 어둠과 빛, 자연을 통하여 길을 찾는 나는 순수존재로서의 한 시인의 모습으로 남고 싶습니다. 그것이 비록 남 보기에는 처연해 보일지라도 말입니다.

그러면서 나는 사물에 대해 되도록 밝은 눈을 가지고 싶습니다. 사물과 자아 사이의 오랜 친화에 온 힘을 쏟아붓고 싶은 것입니다. 그래서 나는 현란한 수사 없이도 그 존재가치를 짚어보고 그 대상으로부터 낮은 소리를 듣고 싶습니다. 작고 버려진 것들은 많은 시인이 누구나 즐겨 노래하는 영원한 소재입니다. 그런데 내 손끝에서 그들이 힘을 얻고 살아서 이 세상에서 모반을 꿈꾸기를 나는 갈망합니다.

그리고 내 시에서 자주 등장하는 것은 「바람」과 「새」와 「아침」입니다. 많고 많은 시어 중에서 내가 이들을 왜 선호하는 걸까요? 그것은 바람을 통해서 우주의 숨결과 작용을, 새를 통해서 존재의 한낮을 구가하는 생명의 약동을, 아침을 통해서 투명한 하루와 푸른 출발을 꿈꾸기 때문입니다. 바람은 저 먼 우주로부터 불어와 온갖 만물을 쓰다듬고 때론 띄워 올리기도 하며 흥분시키기도 하는데, 그것은 때론 우리에게 치명적인 유혹이 됩니다. 왜냐하면, 생명을 자극하는 바람의 존재란 완강하기도 하지만 때론 부드러워서 혼동하기 쉽습니다. 죽음과 삶을 한 몸에 지닌, 저 무한히 부푸는 욕망을 자극하는 존재이기 때문에 결국은 파멸의 길로 우리를 이끌기도 합니다. 그렇다고 해서 내 시가 온전히 어둠에 지배되는 것은 아닙니다.

나는 내 시에서 죽음과 생명, 소멸과 신생이 순환하는 우주
의 질서에 대한 신뢰와 수긍을 그 바탕으로 해야 한다는 것을
늘 염두에 둡니다. 어린아이나 알을 통해서 새로운 신생을 염
원하고 있습니다. 이것은 시간의 초월 위에 존재하며 또한 소
멸의 끝에서 새롭게 피어나는 꽃이기 때문입니다. 내가 어둠
의 심연에서 본 꽃들은 분명 절망 속에서 핀 처참한 꽃들이었
을 것입니다. 그래서 그 꽃들 때문에 나는 절망하기도 합니다.
그러나 자연을 통해서 바라다본 세계의 꽃들은 희망의 꽃, 바
로 신생의 알이었던 것이지요. 오늘도 새들은 푸른 숲에서 알
을 까고 새끼를 치며 더러는 맑고 투명한 햇빛을 가지고 놀기
도 하고 저 높은 하늘에 포롱포롱 오르기도 합니다. 그래서 나
는 새로운 탄생을 노래하며 저 봄 둔덕에 핀 봄꽃이며 연초록
의 잎새들을 사랑하는 것입니다.

이제 내 시가 얼마나 무거워지고 더욱 깊어질지는 나 자신도
모릅니다. 다만 내가 사유하는 그 부피 혹은 그 무게 만큼 절
정의 순간을 향해서 더욱 빠르게 숨죽이며 달려갈 것만은 분
명합니다. 이 세상에 존재하는 모든 것들의 상처를 어루만지며
그 아픔의 흔적들을 빛으로 승화시키는 나의 작업이 어떤 빛
깔, 어떤 깊이로 나타날지는 신만이 알 것입니다. 다만 조용히

지켜보고 보듬고 인내하면서 기다리는 일이 지금 나에겐 지금
소중할 뿐입니다.

시와소금 시인선 121

그늘과 함께

ⓒ임동윤. printed in Seoul, Korea

초판 1쇄 인쇄 2020년 09월 25일
초판 1쇄 발행 2020년 09월 29일
지은이 임동윤
펴낸이 임세한
펴낸곳 시와소금
디자인 유재미 정지은

출판등록 2014년 01월 28일 제424호
발행 강원도 춘천시 충혼길20번길 4 (우-24436)
편집 서울특별시 중구 퇴계로50길 43-7 (우-04618)
전화 (033)251-1195, 휴대폰 010-5211-1195
전자주소 sisogum@hanmail.net
ISBN 979-11-6325-020-3 03810

값 10,000원

 · 이 도서는 한국출판문화산업진흥원의 '2020년 출판콘텐츠 창작지원사업'의
  일환으로 국민체육진흥기금을 지원받아 제작되었습니다.